Les fables

Juliette Clément

Les fable

En passant par La Fontaine…

© 2020, Juliette Clément

Édition : BoD – Books on Demand,
12/14 rond-point des Champs-Élysées, 75008 Paris
Impression : BoD – Books on Demand, Norderstedt, Allemagne

Fables parodiques et illustrations : Juliette Clément
Tous droits réservés pour tous pays

ISBN : 978-2-3222-2028-1

Dépôt légal : Juin 2020

Un grand Merci à Boud'zan
Qui m'a bien accompagnée
Pendant toutes ces années…
Sans oublier Monsieur Jean** !!

1. La Cigale et la Fourmi*

La Cigale, ayant flirté
Dans le courant de l'été,
Se trouva fort dépourvue
Quand la bite fut venue.

Parfois amour… « Platonique !!! »
N'allant pas jusqu'à la nique.
Des bises, en action,
Mais sans pénétration !

Dame Fourmi, sa voisine,
N'échappait aucune pine ;
Dans la rue, par tous les temps,
Elle levait le client.

Prise en des positions
Qui pouvaient lui plaire, ou non.
Elle en a sucé des glands
Pour se faire autant d'argent.

Comme elle s'usait le con,
La dame lui fit leçon,
Éludant de façon rude
Les questions de la prude.

La Fourmi n'est pas offreuse,
Et raillant la demandeuse[1] :
« Vous flirtiez ? Que c'est charmant…
Eh bien, baisez maintenant ! »

---

* Livre I – Fable 1.
1. Bon, à part échanger les domaines prêt/emprunt et offre/demande, ça ressemble dans l'ensemble, non ? Vous pouvez vérifier par vous-même si vous ne me croyez pas (cf. la fable originale ci-après).

La Cigale et la Fourmi

La Cigale, ayant chanté
Tout l'été,
Se trouva fort dépourvue
Quand la bise fut venue :
Pas un seul petit morceau
De mouche ou de vermisseau.
Elle alla crier famine
Chez la Fourmi sa voisine,
La priant de lui prêter
Quelque grain pour subsister
Jusqu'à la saison nouvelle.
« Je vous paierai, lui dit-elle,
Avant l'oût, foi d'animal,
Intérêt et principal. »
La Fourmi n'est pas prêteuse :
C'est là son moindre défaut.
« Que faisiez-vous au temps chaud ?
Dit-elle à cette emprunteuse.
— Nuit et jour à tout venant
Je chantais, ne vous déplaise.
— Vous chantiez ? j'en suis fort aise :
Eh bien ! dansez maintenant. »

2. Le Corbeau et le Renard*

Maître Corbeau, tout de cuir habillé,
Pavoisait fièrement dans le Village[1].
Maître Renard, physiquement tenté,
  Lui susurra mielleux[2] ce langage :
« Bel ami, tu es si musclé… bronzé…
Que je ne peux cesser de t'admirer ! »

Mais le Renard alors ne savait point
Qu'homo le Corbeau en était fort loin.
Dans la nuit, il confondit l'aguicheur.
Il dit : « J'aurai quand même ses faveurs.
Ce Corbeau est trop fier de sa personne,
Il ne doit me prendre pour une conne ! »

Il le flatta et le soûla si bien
Qu'il l'emporta chez lui jusqu'au matin.
Là, le bougre[3] se livra aux vertiges
Mouvements perpétuels de sa tige.
L'hétéro fut tellement travaillé
Qu'il s'éveilla le cul... tout englué !

Forcément, il ne pouvait plus s'asseoir,
S'étant fait déflorer : quel désespoir !
L'homo lui fit la morale sur l'heure :
« Apprenez, Monsieur, que tout séducteur
Dépend du vit[4] de celui qu'*il* écoute.
Ça vaut un dépucelage[5], sans doute. »

L'hétéro Corbeau, honteux et confus,
Jura – Trop tard ! – qu'on ne *le* prendrait plus.

---

* Livre I – Fable 2.
1. Quartier homosexuel à Montréal.
2. Mon renard est tellement flatteur que ce mot compte pour trois syllabes.
3. Sodomite.
4. Sexe masculin en argot (ancien).
5. Bah, ce n'est pas si loin de l'allégorie du fromage représentant les dangers de la vanité. À l'exception près que ce n'est pas tout à fait illustré de la même façon, à tout le moins ça rime... (cf. l'original ci-contre).

Le Corbeau et le Renard

Maître Corbeau, sur un arbre perché,
Tenait en son bec un fromage.
Maître Renard, par l'odeur alléché,
Lui tint à peu près ce langage :
« Hé ! bonjour, Monsieur du Corbeau.
Que vous êtes joli ! que vous me semblez beau !
Sans mentir, si votre ramage
Se rapporte à votre plumage,
Vous êtes le phénix des hôtes de ces bois. »
À ces mots le Corbeau ne se sent pas de joie ;
Et pour montrer sa belle voix,
Il ouvre un large bec, laisse tomber sa proie.
Le Renard s'en saisit, et dit : « Mon bon Monsieur,
Apprenez que tout flatteur
Vit aux dépens de celui qui l'écoute :
Cette leçon vaut bien un fromage, sans doute. »
Le Corbeau, honteux et confus,
Jura, mais un peu tard, qu'on ne l'y prendrait plus.

La Grenouille qui se veut faire aussi grosse que le Bœuf

Une Grenouille vit un Bœuf
Qui lui sembla de belle taille.
Elle, qui n'était pas grosse en tout comme un œuf,
Envieuse, s'étend, et s'enfle, et se travaille,
Pour égaler l'animal en grosseur,
Disant : « Regardez bien, ma sœur ;
Est-ce assez ? dites-moi ; n'y suis-je point encore ?
— Nenni. — M'y voici donc ? — Point du tout. — M'y voilà ?
— Vous n'en approchez point. » La chétive pécore
S'enfla si bien qu'elle creva.

Le monde est plein de gens qui ne sont pas plus sages :
Tout bourgeois veut bâtir comme les grands seigneurs,
Tout petit prince a des ambassadeurs,
Tout marquis veut avoir des pages.

3. La Grenouille qui veut se faire aussi grosse que les Bœufs*

Une Grenouille vit un jour des Bœufs
Qui lui semblèrent de fort belle taille.
Pour s'enfler, elle dit : « Des tas de nœuds,
Je dois sucer » ; et se mit au travail.
Elle n'eut aucun mal, cette coquine,
À se dégoter tant de grosses pines.
Les a toutes goulûment astiquées ;
De la semence, en a plus qu'absorbée.
L'envieuse si bien en avala
Que d'éclatement – Paf ! – elle creva[1] !!!

Le monde est peuplé de gens pas plus sages.
Chacun veut de l'autre les avantages,
Et se copie à qui mieux mieux l'image.
Le pire péché : l'envie qui fait rage !

---

* Livre I – Fable 3 : La Grenouille qui se veut faire aussi grosse que le Bœuf.
1. Eh ben, c'est le même sens que la fable originale – satire du désir de paraître supérieur – ou à peu près... (cf. ci-contre).

Les deux Mulets

Deux Mulets cheminaient, l'un d'avoine chargé,
L'autre portant l'argent de la gabelle.
Celui-ci, glorieux d'une charge si belle,
N'eût voulu pour beaucoup en être soulagé.
Il marchait d'un pas relevé,
Et faisait sonner sa sonnette :
Quand l'ennemi se présentant,
Comme il en voulait à l'argent,
Sur le Mulet du fisc une troupe se jette,
Le saisit au frein et l'arrête.
Le Mulet, en se défendant,
Se sent percer de coups ; il gémit, il soupire.
« Est-ce donc là, dit-il, ce qu'on m'avait promis ?
Ce Mulet qui me suit du danger se retire ;
Et moi j'y tombe, et je péris !
— Ami, lui dit son camarade,
Il n'est pas toujours bon d'avoir un haut emploi :
Si tu n'avais servi qu'un meunier, comme moi,
Tu ne serais pas si malade. »

4. Les deux Mulets*

Deux Mulets cheminaient, l'un richement vêtu,
L'autre à même portait un drap sur sa peau nue.

Le premier se pavanait d'un air fier,
Vaniteux, le regard incendiaire.
Il cherchait à aguicher tout le monde
Dans un rayon de cent lieues à la ronde…

Des gars piquèrent cet aguicheur dans un coin
De leurs dards : le percèrent à grands coups de reins.

Il gémit, se posa des questions,
Sans flairer le motif de l'action.
« On m'avait promis qu'en étant si beau,
On me flatterait… mais point d'autres maux !

Comment se fait-il que tu ne sois en danger,
Tandis que moi tous ne pensent qu'à me grimper[1] ?

— Eh ! cher ami, lui dit son camarade,
Si ces artifices tu ne déploies,
Tranquille, tu ne serais dans l'effroi,
Car tu n'aurais le fond… en marmelade ! »

---

* Livre I – Fable 4 (cf. l'original ci-contre).
1. Ce qui ma foi peut sembler logique pour un mulet !

Le Loup et le Chien (extrait)

Un Loup n'avait que les os et la peau,
Tant les chiens faisaient bonne garde.
Ce Loup rencontre un Dogue aussi puissant que beau,
Gras, poli, qui s'était fourvoyé par mégarde.
L'attaquer, le mettre en quartiers,
Sire Loup l'eût fait volontiers ;
Mais il fallait livrer bataille,
Et le mâtin était de taille
À se défendre hardiment.
Le Loup donc l'aborde humblement,
Entre en propos, et lui fait compliment
Sur son embonpoint, qu'il admire.
« Il ne tiendra qu'à vous beau sire,
D'être aussi gras que moi, lui repartit le Chien.
[...]
Le Loup reprit : « Que me faudra-t-il faire ?
— Presque rien, dit le Chien : donner la chasse aux gens
Portants bâtons, et mendiants ;
Flatter ceux du logis, à son maître complaire :
Moyennant quoi votre salaire
Sera force reliefs de toutes les façons,
Os de poulets, os de pigeons,
Sans parler de mainte caresse. »
Le Loup déjà se forge une félicité
Qui le fait pleurer de tendresse.
Chemin faisant, il vit le col du Chien pelé.
« Qu'est-ce là ? lui dit-il. — Rien. — Quoi ? rien ? — Peu de chose.
— Mais encor ? — Le collier dont je suis attaché
De ce que vous voyez est peut-être la cause.
— Attaché ? dit le Loup : vous ne courez donc pas
Où vous voulez ? — Pas toujours ; mais qu'importe ?
— Il importe si bien, que de tous vos repas
Je ne veux en aucune sorte,
Et ne voudrais pas même à ce prix un trésor. »
Cela dit, maître Loup s'enfuit, et court encor.

5. Le Loup et le Chien*

Un Loup, n'ayant que la peau sur les os,
Loucha sur un Chien aussi beau que gros.
Ce Loup devait parfois faire la manche,
Dormait souvent dans le lit d'une Oie blanche.
Il vivait au bon gré de sa musique
Sans louper l'occasion d'une nique.
Alors, cela ne nourrit pas son Loup,
Car copuler rend maigre comme un clou.
Qui baise dîne est prévu dans l'adage[1],
Mais rime peu avec vagabondage[2] !

C'est pourquoi il bava d'envie
Sur son compère le bouffi.
Il l'aborda : « Dis-moi, l'ami,
Que fais-tu pour être bien mis ?
— Tu ne dois pas faire grand-chose.
Toujours à poil[3], tu mets la dose.
Tu tripatouilles de tes pattes
Prestement Mesdames les Chattes.
Tu les léchouilles tout le temps.
Tu baises... Tu manges d'autant.
Bref, tu rends de menus services
Sans trop faire de sacrifices. »

Le Loup avait presque pattes liées...
Lorsque le Chien se gratta le collier.
Le Loup prit tout à coup peur du lien.
Compère le rassura : « Ce n'est rien !
J'ai juste attrapé un peu d'eczéma[4]...
C'est du toc... Pas de quoi faire un coma ! »
[Pis, à cause des Chattes défoncées,
Il avait chopé une MST !
Elles n'étaient pas si clean les rombières ;
Des fois, il en sortait la queue peu fier[5].]

Le Loup, dégoûté : « Pourquoi tu ne t'en vas pas ?
— Je ne veux pas ! Elles me paient trop bien pour ça !
— Mais, enfin, tu es un gigolo ! Un esclave !
Tu as moins de liberté qu'elles ne se lavent !
J'préfère manger moins, prendre qui m'intéresse,
Me coucher dans le foin, fourrer plus belles fesses.
Je ne voudrais pas même à ce prix un trésor. »
Cela dit, maître Loup s'enfuit, et bourre[6] encore...

---

* Livre I – Fable 5.
1. Adage, certes, un poil adapté.
2. Et pourtant !
3. Ce qui peut paraître normal pour un chien, non ?
4. Cf. l'apologie de la liberté versus le chien attaché par un collier qui l'empêche de courir où il veut... Tout pareil, je vous dis (cf. l'original ci-avant).
5. Beurk ! Et elles étaient pleines de croûtes ?
   Ben, selon moi, ça ne fait aucun doute !
6. Oups, ma langue a fourché. Je voulais dire : « et court encore... »

6. L'Hirondelle et les petits Oiseaux*

L'Hirondelle, de ses voyages,
Était revenue tel un sage.
Elle avait tant appris et vu
Qu'elle avait beaucoup retenu.
Dès lors, elle allait prévenir
D'un grand malheur proche à venir ;
De ce fléau dur à guérir,
Celui qui souvent fait mourir.
Elle parlait comme un oracle
Voulant éviter la débâcle :

« Sans le savoir, les Oiseaux, qui forniquer aiment,
Sont en réel danger de ce péril extrême.

Le moyen de se protéger :
La capote pour copuler !
Il n'est question d'abstinence,
Mais d'agir avec prévoyance
Tant il faut faire attention
En cas de pénétration,
Surtout avec la sodomie
Ou bien lorsqu'on lèche un(e) ami(e) :
Toutes pratiques sexuelles
Avec fluides corporels. »

À tous (dont ce pape qui n'avait rien compris),
L'Hirondelle parle du sida : l'ennemi.

Mais les Oiseaux, insouciants,
Agissaient comme des enfants.
N'oyant pas la sage Hirondelle,
Idiots, se moquèrent d'elle.
Et capotes de ne les mettre :
« Elles enlèvent du bien-être ! »

En fait, ils ne la croyaient pas,
Puisque le mal n'était point là...
Certaine du sens véritable,
Elle insistait, imperturbable :

« C'est pourquoi vous n'avez qu'un parti qui soit sûr ;
Mettez une capote sur vos glands bien durs. »

Puis, modifiant sa tactique,
L'oracle vanta la technique :
« Les capotes ne sont plus tristes.
Elles sont mêmes fantaisistes,
De plusieurs formes, couleurs
Et de différentes saveurs.
Faciles à utiliser,
Vous n'aurez pas l'air bête... Osez !
Et si vous ne savez y faire,
Demandez à vos partenaires. »

Mais les Oisillons n'écoutaient que leurs envies,
Baiser sans pourtant se soucier de la vie...

Ils étaient bien las de l'entendre,
Continuèrent de se prendre,
Ne cessèrent de folâtrer,
Partenaires de s'échanger
Sans aucune protection :
Joie de la copulation !
Et ce qui devait arriver
Arriva sans les épargner
En le passant des uns aux autres
Sans se douter de sa venue[1].

Nous n'écoutons d'instincts que ceux qui sont les nôtres,
Et ne croyons le mal que quand il est venu.

---

* Livre I – Fable 8.
1. Plus sérieusement, la propagation du virus correspond, dans une moindre mesure, aux filets qui vont servir à capturer les petits oiseaux, malgré les avertissements répétés de l'hirondelle ; l'issue logique étant que ces derniers vont ensuite passer au chaudron... Mais, à notre époque, il faudrait plutôt dire passer à la casserole... Bah, nous y voilà ! Encore une fois, les champs lexicaux sont tellement entremêlés que je ne peux que glisser de l'un à l'autre... Ce n'est donc pas de ma faute ! (cf. à ce sujet la fable suivante).

Le Rat de ville et le Rat des champs

Autrefois le Rat de ville
Invita le Rat des champs,
D'une façon fort civile,
À des reliefs d'ortolans.
Sur un tapis de Turquie
Le couvert se trouva mis.
Je laisse à penser la vie
Que firent ces deux amis.
Le régal fut fort honnête :
Rien ne manquait au festin ;
Mais quelqu'un troubla la fête
Pendant qu'ils étaient en train.
À la porte de la salle
Ils entendirent du bruit :
Le Rat de ville détale ;
Son camarade le suit.
Le bruit cesse, on se retire :
Rats en campagne aussitôt ;
Et le citadin de dire :
« Achevons tout notre rôt.
— C'est assez, dit le rustique ;
Demain vous viendrez chez moi.
Ce n'est pas que je me pique
De tous vos festins de roi ;
Mais rien ne vient m'interrompre :
Je mange tout à loisir.
Adieu donc. Fi du plaisir
Que la crainte peut corrompre ! »

7. Le Rat de ville et le Rat des champs*

Un jour, le Rat de ville
Pria le Rat des champs,
De façon fort civile,
À la 'touze de l'an.

Sur un lit de coussins,
Des tas de petits culs
À enfiler, pas moins,
Étaient disposés, nus.

La sauce[1] fut honnête :
Ne savaient tous les deux
Où donner de la tête,
Surtout où mettre queue[2].

Pendant leurs galipettes
À petits coups de reins,
Un Chat troubla la fête
Lorsqu'ils étaient en train…

Le Chat partit… De peur,
Nos deux Rats, désolés,
Pour leur plus grand malheur,
Ne pouvaient plus bander.

« Assez ! dit le rustique.
Demain, venez chez moi.
Je promets une nique
Où Chat ne fera loi !

Je m'en tape à loisir,
Rien ne vient m'interrompre. »
Je dis : « Fi du plaisir
Que crainte peut corrompre ! »

…

Ceux qui veulent savoir[3],
Les pressés de la suite,
Révélons-leur l'histoire
Qui arriva ensuite.

Sur le foin, dans la grange,
Rats fourrèrent Souris
Sans que Chat ne dérange ;
Ce fut enfin l'orgie !!!

---

* Livre I – Fable 9.
1. La baise. À ce sujet, tout le monde sait que le lexique des plaisirs de la table est très souvent entremêlé à celui des plaisirs charnels (cf. la note précédente).
2. « ou maître queux » ?... Ah non ! Ici, ça ne veut vraiment rien dire… Certes, mais ça m'a quand même titillé l'esprit !
3. En prime parce qu'une fois quelqu'un m'a dit : « C'est bien joli tout ça, mais que se passe-t-il à la campagne ? » Quoi qu'il en soit, moi aussi j'oppose les menus tracas de la ville aux paisibles joies champêtres… mais pas forcément de la même façon, j'en conviens ! (cf. l'original ci-avant).

8. Le Loup et l'Agneau*

La raison du plus fort est toujours la meilleure :
Vous allez le voir tout à l'heure...

Un Agneau cheminait tranquille
Sans se douter qu'il était une proie facile.
Un Loup ivre en train avec la veuve Poignet[1]
Fut bien gêné... Mais pas exprès !
« Qui te rend si hardi de troubler mon veuvage ?
Dit l'animal plein de breuvage
Pensant déjà à le poisser.
— Sir[2], je n'entends pas vous froisser,
Lui dit l'Agneau plein de respect
D'un style des plus circonspects ;
Vous ne devez pas m'en vouloir,
Car je ne pouvais pas savoir. »

L'autre, grisé : « Quoi ! Tu m'aguiches,
M'agites sous le nez tes miches !
— Je ne veux de nulle façon,
Ne crois troubler vos actions.
— Quoi ! Tu me tentes, tu discutes ?
Continua le Loup en rut ;
De ta toison comme les blés,
Tu dis ne croire me troubler ?
Si ce n'est toi, c'est donc ton frère,
Car tous deux vous faites la paire[3].
— Maaais[4] ! bêlant, je n'en ai pas (?) »
Jeunet qui ne saisissait pas…

Sur ce, au fond de la forêt,
Le Loup l'emporte, et puis le baise ;
Pas de souci, étant fort aise,
Sans autre forme de procès[5].

---

* Livre I – Fable 10.
1. À votre avis ?
2. Bah, c'est un agneau britannique…
   Euh… c'est surtout pour la métrique !
3. Pareil, sauf que le mien voit double à cause de l'alcool !
4. Il ne faudrait tout de même pas oublier que c'est un agneau. Donc, je compte ce mot pour deux syllabes.
5. Tout pareil, je vous dis : même mauvaise foi et même issue fatale… ou presque ! Vous pouvez vérifier avec la fable originale (cf. ci-contre), d'autant plus qu'elle est excellente.

Le Loup et l'Agneau

La raison du plus fort est toujours la meilleure :
Nous l'allons montrer tout à l'heure.
Un Agneau se désaltérait
Dans le courant d'une onde pure.
Un Loup survient à jeun, qui cherchait aventure,
Et que la faim en ces lieux attirait.
« Qui te rend si hardi de troubler mon breuvage ?
Dit cet animal plein de rage :
Tu seras châtié de ta témérité.
— Sire, répond l'Agneau, que Votre Majesté
Ne se mette pas en colère ;
Mais plutôt qu'elle considère
Que je me vas désaltérant
Dans le courant,
Plus de vingt pas au-dessous d'Elle ;
Et que par conséquent, en aucune façon,
Je ne puis troubler sa boisson.
— Tu la troubles, reprit cette bête cruelle ;
Et je sais que de moi tu médis l'an passé.
— Comment l'aurais-je fait si je n'étais pas né ?
Reprit l'Agneau ; je tette encor ma mère.
— Si ce n'est toi, c'est donc ton frère.
— Je n'en ai point. — C'est donc quelqu'un des tiens ;
Car vous ne m'épargnez guère,
Vous, vos bergers, et vos chiens.
On me l'a dit : il faut que je me venge. »
Là-dessus, au fond des forêts
Le Loup l'emporte, et puis le mange,
Sans autre forme de procès.

Les Voleurs et l'Âne (extrait)

Pour un Âne enlevé deux Voleurs se battaient :
L'un voulait le garder, l'autre le voulait vendre.
Tandis que coups de poing trottaient,
Et que nos champions songeaient à se défendre,
Arrive un troisième larron
Qui saisit maître Aliboron.
[…]
Un quart voleur survient, qui les accorde net
En se saisissant du Baudet.

9. Les voleurs et Anne*

Pour une Anne à fourrer, deux voleurs se battaient :
L'un désirait baiser, l'autre voulait la prendre.

Tandis que des coups se mettaient,
Leurs pines ne pouvaient se tendre.
Aucun des deux ne l'avait mise ;
Elle, exhalait de n'être prise !

Un troisième arriva d'autant plus grand seigneur
Qu'il la butina délicatement sur l'heure.

Sœur Anne n'a rien vu venir[1] !
Et prise… par les sentiments,
Aucun souci à l'avenir :
Il la… bourre[2] depuis ce temps.

So ? Un *Gentleman-Farmer*[3] les accorda net
En se saisissant de l'Annette.

---

* Livre I – Fable 13 : Les Voleurs et l'Âne (cf. ci-contre).
1. Un petit clin d'œil au passage à Charles Perrault.
2. Ok, c'est plus fréquent avec un cheval, mais ça peut aussi le faire avec un âne… évidemment, en un mot et un seul « r » !
3. Homme de condition sociale élevée qui vit du revenu de ses terres en les exploitant lui-même ; vient de *gentleman* (gentilhomme de bonne éducation) et *farmer* (agriculteur)… Mouais ! Et alors ? Ben, autrement dit, un Seigneur Laboureur… mais, c'eût été moins joli, non ?

10. La Mort et le Bûcheron*

Il était un vieux Bûcheron
Qui, à présent, se lamentait :
Il n'avait plus d'érection…
À dire vrai, ça le hantait !

Lui qui dans le passé, pourtant,
Était un coureur de jupons ;
Il n'y avait pas si longtemps
Qu'il s'en niquait tant, le fripon.

Comme elle n'existait encore
Cette pilule bleue magique[1] ;
Résigné, il héla la Mort,
N'ayant plus le goût de la nique.

La Mort arriva sans tarder,
Si tôt qu'il ne le voulut faire :
« Euh… c'est pour m'aider… à bander ! »
En finir ne le tentait guère.

Le trépas viendrait tout guérir,
Mais nous ne bougeons d'où nous sommes :
Plutôt souffrir que de mourir,
C'est bien, là, devise des hommes.

---

* Livre I – Fable 16.
1. Viagra.

L'Homme entre deux âges, et ses deux Maîtresses (extrait)

[...]

La Vieille, à tous moments, de sa part emportait
Un peu du poil noir qui restait,
Afin que son amant en fût plus à sa guise.
La Jeune saccageait les poils blancs à son tour.
Toutes deux firent tant, que notre tête grise
Demeura sans cheveux, et se douta du tour.
« Je vous rends, leur dit-il, mille grâces, les Belles,
Qui m'avez si bien tondu :
J'ai plus gagné que perdu ;
Car d'hymen point de nouvelles.
Celle que je prendrais voudrait qu'à sa façon
Je vécusse, et non à la mienne.
Il n'est tête chauve qui tienne :
Je vous suis obligé, Belles, de la leçon. »

11. L'Homme entre deux âges, et ses deux Maîtresses*

Un jour, un Homme entre deux âges,
Tirant un peu sur le grison[1],
Jugea que c'était la saison
D'envisager le mariage.

Comme il avait beaucoup d'argent,
Toutes à ses pieds se jetèrent…
Méfiant, il prenait son temps,
Un poil tatillon en affaires.

Puis, le sire choisit deux Veuves
Qu'il mit tout de suite à l'épreuve.

La première était fort jeunette ;
Elle adorait les galipettes
Sans cibler de positions
Pour peu qu'il y ait action.

La deuxième était plus que mûre ;
Elle prisait les valeurs sûres,
Des positions compliquées
Au point d'être courbaturés.

Sans nulle pause, il les prenait,
De l'une à l'autre ainsi passait ;
Si bien que tous les jours durant
En montait une à chaque instant…

À la fin, il dit, fatigué,
Épuisé d'avoir tant triqué :

« Celle que je prendrais voudrait qu'à sa façon
Je la mette, et non à la mienne.
Il n'est bagatelle qui tienne :
Je vous suis obligé, Belles, de la leçon…

Vive le célibat sans vit,
J'ai baisé pour toute une vie[2] ! »

---

* Livre I – Fable 17.
1. Mmmh, brun avec les tempes argentées… What else ?
2. Je me suis permis d'ajouter une petite conclusion pour finir l'histoire (cf. l'original ci-avant).

12. Le Renard et la Cigogne*

Compère le Renard se mit un jour en frais,
  Et retint à tirer Commère la Cigogne…

   La mise fut petite, sans apprêt ;
   Il jouit de suite pour la besogne !
   Compère avait, en une pirouette,
   Achevé les promises galipettes :
    Il l'avait prise si rapidement
  Que nulle n'eût pu venir sur l'instant !

Pour se venger de cette tromperie,
Plus tard, Commère dit : « Viens, je te prie... »
Le Renard s'imagina tout content
Qu'il cramperait encore prestement.
Aussi, il se rendit chez son hôtesse
En rêvant avant de ses jolies fesses.
La Cigogne le vit venir de loin.
Elle s'était préparée bien à point...
De son long vase rentré jusqu'au col[1],
Elle commençait déjà son envol[2].
Ainsi, il ne put rien lui enfoncer,
Tandis qu'elle prenait – enfin !!! – son pied.
Il lui fallut retourner au logis,
Honteux et les roupettes en éveil,
Tel un Renard qu'une pine aurait pris...
Tiré ?... Par la queue ?... Mais non, par l'oreille[3] !

Trompeurs, c'est pour vous que j'écris :
Attendez-vous à la pareille.

---

* Livre I – Fable 18.
1. Lequel, à votre avis ? Ok, ma cigogne ne fait pas vraiment le même usage de son vase à long col ! Cela dit, le reste de la fable est respecté... même si ce n'est pas illustré de la même façon, j'en conviens. Pour preuve, vous pouvez lire l'original ci-contre, et vous verrez...
2. Ce qui ma foi est tout à fait normal pour une cigogne !
3. Petit chenapan !!!

Le Renard et la Cigogne

Compère le Renard se mit un jour en frais,
Et retint à dîner Commère la Cigogne.
Le régal fut petit et sans beaucoup d'apprêts :
Le galand, pour toute besogne,
Avait un brouet clair ; il vivait chichement.
Ce brouet fut par lui servi sur une assiette :
La Cigogne au long bec n'en put attraper miette ;
Et le drôle eut lapé le tout en un moment.
Pour se venger de cette tromperie,
À quelque temps de là, la Cigogne le prie.
« Volontiers, lui dit-il ; car avec mes amis
Je ne fais point cérémonie. »
À l'heure dite, il courut au logis
De la Cigogne son hôtesse ;
Loua très fort la politesse ;
Trouva le dîner cuit à point :
Bon appétit surtout ; renards n'en manquent point.
Il se réjouissait à l'odeur de la viande
Mise en menus morceaux, et qu'il croyait friande.
On servit, pour l'embarrasser,
En un vase à long col et d'étroite embouchure.
Le bec de la Cigogne y pouvait bien passer ;
Mais le museau du sire était d'autre mesure.
Il lui fallut à jeun retourner au logis,
Honteux comme un renard qu'une poule aurait pris,
Serrant la queue, et portant bas l'oreille.

Trompeurs, c'est pour vous que j'écris :
Attendez-vous à la pareille.

Le Coq et la Perle (extrait)

Un jour un Coq détourna
Une Perle, qu'il donna
Au beau premier lapidaire.
« Je la crois fine, dit-il ;
Mais le moindre grain de mil
Serait bien mieux mon affaire. »
[…]

13. Le Coq et Perle*

Un jour, un Coq s'enflamma
Pour Perle, sur hauts talons.
Excité, il l'enfila[1]
En fétichiste : profond.
Il voulait toujours la mettre
Perchée sur dix centimètres,
Et implorait en prière :
« Des chaussures à lanières ! »
Perle érigeait fort sa pine
En étant si féminine…

Excusez-moi, Monsieur Jean,
Si le sens est divergent ;
Mais, avec sa jolie paire,
Elle, faisait trop l'affaire[2] !!!

---

* Livre I – Fable 20 : Le Coq et la Perle.
1. En même temps, ça tombe sous le sens !
2. Bah oui, comme vous pouvez le constater ci-contre, la perle de La Fontaine ne fait pas vraiment l'affaire du coq… contrairement à ma version.

14. Les Frelons et les Mouches à miel*

À l'œuvre on connaît l'artisan.

Une Guêpe fut retrouvée tourbillonnant
Des ailes, emplie de salive sexuelle
En certaine partie qui passait pour du miel.
On se demanda qui, Abeilles ou Frelons,
Avaient commis une si vilaine action ?
La cause fut plaidée devant le Hanneton
Qui était au procès le juge en fonction.
Les Abeilles démentirent ; quant aux larrons,
Le dard entre les pattes : tous à reculons !
On fit paraître à témoin une fourmilière
Qui, une à une, ne bitaient rien à l'affaire.
La cause, de ce fait, en devenait très lente...
Si bien que le juge interrogea la plaignante.
La Guêpe dit : « Nenni, je ne me plains du tout ! »
Elle se souvenait que c'était à son goût.
Le juge, excité par les dires de la Belle,
S'astiquait le marteau, discret, du bout des ailes.
La Guêpe voulant se faire lécher encore,
Les accusés se manifestèrent alors...
Les Abeilles : « Cela ne peut être que nous ! »
Fanfarons, les Frelons : « C'est impossible... vous ?! »
Prudents, les jurés ne pouvaient que se tâter[1],
Puisqu'ils ne savaient pas comment délibérer.
Dans ces conditions, ça traînait en longueur ;
Et la Guêpe, impatiente, attendait son heure.
Une Abeille trancha : « Bah, mettons-nous à l'œuvre.
On verra de qui elle choisit les manœuvres. »

Chacune aussitôt lui butina... le gazon[2] !
L'essaim lui passa dessus pour bien la détendre.
Sans nulle comparaison avec les Frelons,
Égoïstes, qui voulurent juste la prendre.
Et ?... La Guêpe n'eut aucun mal à décider :
Avec les Saphistes[3], elle vint en premier !
Si fort qu'à l'instant les jurés délibérèrent ;
Puis, le juge se fit toute la fourmilière.

Il n'y a pas soupçon, pour le cunnilingus,
C'est meilleur quand ce sont des femmes qui se sucent[4] !

---

* Livre I – Fable 21.
1. Eux aussi ? Décidément !
2. Bah oui, ici, c'est plus logique que de le brouter... même si un gazon n'est pas franchement réputé pour être des plus fleuris !
3. Mouais ! Ce mot n'existe pas vraiment... et pourquoi pas pour évoquer les adeptes de Sappho sur l'île de Lesbos.
4. À ce qu'il paraît ! Bon, cette morale dévie un peu de la fable originale (cf. ci-contre). Cela dit, l'en-tête fonctionne et ma version est aussi une satire de la justice... à sa manière !

Les Frelons et les Mouches à miel (extrait)

À l'œuvre on connaît l'artisan.

Quelques rayons de miel sans maître se trouvèrent :
Des Frelons les réclamèrent ;
Des Abeilles s'opposant,
Devant certaine Guêpe on traduisit la cause.
Il était malaisé de décider la chose :
Les témoins déposaient qu'autour de ces rayons
Des animaux ailés, bourdonnants, un peu longs,
De couleur fort tannée, et tels que les abeilles,
Avaient longtemps paru. Mais quoi ? dans les Frelons
Ces enseignes étaient pareilles.
La Guêpe, ne sachant que dire à ces raisons,
Fit enquête nouvelle, et pour plus de lumière
Entendit une fourmilière.
Le point n'en put être éclairci.
« De grâce, à quoi bon tout ceci ?
Dit une Abeille fort prudente.
Depuis tantôt six mois que la cause est pendante,
Nous voici comme aux premiers jours.
Pendant cela le miel se gâte.
Il est temps désormais que le juge se hâte :
N'a-t-il point assez léché l'ours ?
Sans tant de contredits, et d'interlocutoires,
Et de fatras, et de grimoires,
Travaillons, les Frelons et nous :
On verra qui sait faire, avec un suc si doux,
Des cellules si bien bâties. »
Le refus des Frelons fit voir
Que cet art passait leur savoir ;
Et la Guêpe adjugea le miel à leurs parties.
[…]

15. Le Chêne et le Roseau*

Le Chêne un jour dit au Roseau
En lui montrant ses biscoteaux :
« Tu es bien délicat et frêle,
Mais ta tenue est plutôt belle. »
Le Chêne pour exhiber sa force
    Arbora[1] x effets de torse.
  Il voulait être pour lui tout,
Le seul à lui donner des coups,
Le prendre par le bas du dos :
    Un pur rapport sadomaso !
Dès lors, cette idée, il propose
Pour lui foutre une bonne dose.
Le fluet doutait, mais c'est vrai
Que cette pensée lui plaisait.
Un Roseau plie et ne rompt pas ;
Son plaisir, l'obtient comme ça.
    Sans montrer sa fragilité,
Le maso prend toujours son pied.
Mais, il pensait l'arbre incapable
D'agir sans se sentir coupable.
    Pour s'en assurer, ce qu'il fit,
      Un jour, il le mit au défi
    D'assouvir son côté sadique.
Un bâillon en cuir dans la bouche,
    Lié, flagellé : il se couche.
    Le Roseau aime la pratique,
    Et... veut se faire déchirer...
      La panique de s'installer !
Au départ, sans courber le dos,
Puis l'arbre éclata[2]... en sanglots.
    Le Chêne, malgré ses efforts,
Convint qu'il n'était pas si fort !

Le Chêne et le Roseau

Le Chêne un jour dit au Roseau :
« Vous avez bien sujet d'accuser la nature ;
Un roitelet pour vous est un pesant fardeau ;
Le moindre vent, qui d'aventure
Fait rider la face de l'eau,
Vous oblige à baisser la tête,
Cependant que mon front, au Caucase pareil,
Non content d'arrêter les rayons du soleil,
Brave l'effort de la tempête.
Tout vous est aquilon, tout me semble zéphyr.
Encor si vous naissiez à l'abri du feuillage
Dont je couvre le voisinage,
Vous n'auriez pas tant à souffrir :
Je vous défendrais de l'orage ;
Mais vous naissez le plus souvent
Sur les humides bords des royaumes du vent.
La nature envers vous me semble bien injuste.
— Votre compassion, lui répondit l'arbuste,
Part d'un bon naturel ; mais quittez ce souci :
Les vents me sont moins qu'à vous redoutables ;
Je plie, et ne romps pas. Vous avez jusqu'ici
Contre leurs coups épouvantables
Résisté sans courber le dos ;
Mais attendons la fin. » Comme il disait ces mots,
Du bout de l'horizon accourt avec furie
Le plus terrible des enfants
Que le Nord eût portés jusque-là dans ses flancs.
L'arbre tient bon ; le Roseau plie.
Le vent redouble ses efforts,
Et fait si bien qu'il déracine
Celui de qui la tête au ciel était voisine,
Et dont les pieds touchaient à l'empire des morts.

---

* Livre I – Fable 22.
1. Ben voyons, là aussi ça tombe sous le sens !
2. Cela vaut un déracinement, sans doute... À tout le moins, la progression dans la fable et les caractéristiques des personnages sont préservées (cf. l'original ci-dessus juste pour le plaisir).

16. Contre celles qui ont le goût difficile*

Il était un père agresseur
Abusant ses filles : l'horreur !
Puis, le vil finit par partir,
D'autres sans doute à pervertir.
L'infâme étant plus que bizarre,
Les sœurs avaient gardé des tares,
Des symptômes psychologiques :
L'aînée était une hystérique ;
La cadette, une nymphomane.
Les deux étaient fêlées du crâne !

La première visait ses cibles
À l'image de qui du reste
Avait hélas commis l'inceste :
Rejet de l'amour impossible.
Son dévolu elle jetait
Lorsque conclure ne pouvait,
Draguait des hommes plus qu'âgés
Qui toujours étaient mariés.
L'aguicheuse savait séduire…
Puis, il s'agissait de s'enfuir
Pour ne passer à l'action :
Que de somatisation !
Elle ne voulait ressentir
Nulle émotion, nul plaisir.
En se coupant de ses affects,
L'hystérique semblait suspecte.
Pour moins d'angoisse, c'est un fait ;
Mais elle n'était satisfaite !

Prenons maintenant la dernière
Qui, elle, était plus familière.
Elle draguait comme sa sœur ;
Mais, elle, croquait ses ardeurs.

La jeune aguichait tout le monde,
Était une vraie dévergonde[1],
Passait de la séduction
À la surconsommation
Jusqu'à relever le défi
De tous les mener à son lit
Et dans toutes positions :
Être sans cesse en action !
Pourtant, persistait un problème
Bien tapi au fond d'elle-même
À trop s'en taper : « Insipides ! »
Du coup, elle se crut frigide.
Sa quête devint éperdue,
N'étant satisfaite non plus !

Les sœurs voulurent se venger
Des mâles, mais surtout du père
À l'origine de l'affaire ;
Et conclurent : « Faut leur couper[2] !? »
Les mecs, par pure convoitise,
Pour peu en perdirent le guise[3].
Cela devenait dangereux
D'autant souhaiter se les faire…

Les délicats sont malheureux :
Rien ne saurait les satisfaire[4] !?

---

* Livre II – Fable 1 : Contre ceux qui ont le goût difficile.
1. Mouais… Euh, c'est pour la rime. Et puis, c'est joli comme mot, non ?
2. Gasp, c'est un peu radical !
3. Sexe masculin en argot (ancien).
4. Double mouais… Là, j'avoue, pour une fois, ma version n'a franchement rien à voir avec celle de La Fontaine, mais alors rien de chez rien du tout… Néanmoins, c'est toujours la même morale, et surtout le même nombre de vers… Pff, c'est super long pour être raccord ! Du coup, je vous fais grâce de l'original.

17. La Chauve-Souris et les deux Belettes*

Une Chauve-Souris donna tête baissée
Dans le nid d'un sire Belette fort crispé,
Un brin misogyne, qui la mit en émoi.
Elle, paniquée[1], pour prouver sa bonne foi,
Lui dit aussitôt, pressée : « À bas les femelles !
Moi, je suis un oiseau[2], regardez bien mes ailes. »
L'autre, surpris : « N'êtes-vous pas une souris[3] ? »
Elle, plus rassurée : « Vive la bougrerie[4] ! »
Ensuite, en reluquant son charmant petit cul,
Le sire Belette, tout à fait convaincu,
Excité, l'attrapa sans délai par les hanches ;
Et, là, il enfila cet *oiseau* de son manche.
Puis, lorsqu'il fut rassasié de ses prouesses
Grâce à la vivacité de ses jolies fesses,
Le sire laissa repartir notre étourdie…

… Qui par la suite encore aveuglément se mit
Chez une autre Belette, dame plus hargneuse,
Car les mâles oiseaux la rendaient furieuse.
La pauvre étourdie se retrouva en danger
Et, de nouveau, elle se mit à proclamer,
Toute emportée, en montrant ses poils de souris :
« À bas les hommes ; Vive le *Gazon maudit*[5] ! »
Du coup, dame Belette s'éveilla, lubrique ;
Elle sentit venir le plaisir de la nique…
Aussi, cette *souris* lui suça, serpentine,
Son doux bouton de chair ; nul besoin d'une pine.
Et, quand elle en fouit la partie la plus fine,
Dans son museau coula la sève féminine.
En laissant la dame Belette satisfaite,
Elle put s'échapper de ses crocs : pas si bête !

Ainsi, se retrouva notre bisexuelle
En la compagnie d'un mâle ou d'une femelle ;
Maligne, grâce à son adroite repartie,
La Chauve-Souris put sauver deux fois sa vie.

Plusieurs se sont trouvés d'écharpes changeant,
Le sage du danger se sauve en s'arrangeant[6].

---

* Livre II – Fable 5.
1. Pour l'instant !
2. Un homme.
3. Une femme.
4. La sodomie en langage vieilli.
5. Le saphisme (cf. la note 3 de la fable N°14) et merci à Josiane Balasko pour ce film aussi drôle que subtil (1995).
6. Tout pareil... à quelques détails près (cf. la fable originale ci-contre, elle est excellente !)

La Chauve-Souris et les deux Belettes

Une Chauve-Souris donna tête baissée
Dans un nid de Belette ; et sitôt qu'elle y fut,
L'autre, envers les souris de longtemps courroucée,
Pour la dévorer accourut.
« Quoi ? vous osez, dit-elle, à mes yeux vous produire,
Après que votre race a tâché de me nuire !
N'êtes-vous pas souris ? Parlez sans fiction.
Oui, vous l'êtes, ou bien je ne suis pas belette.
— Pardonnez-moi, dit la pauvrette,
Ce n'est pas ma profession.
Moi souris ! Des méchants vous ont dit ces nouvelles.
Grâce à l'auteur de l'univers,
Je suis oiseau ; voyez mes ailes :
Vive la gent qui fend les airs ! »
Sa raison plut, et sembla bonne.
Elle fait si bien qu'on lui donne
Liberté de se retirer.
Deux jours après, notre étourdie
Aveuglément se va fourrer
Chez une autre Belette, aux oiseaux ennemie.
La voilà derechef en danger de sa vie.
La dame du logis avec son long museau
S'en allait la croquer en qualité d'oiseau,
Quand elle protesta qu'on lui faisait outrage :
« Moi, pour telle passer ! Vous n'y regardez pas.
Qui fait l'oiseau ? c'est le plumage.
Je suis souris : vivent les rats !
Jupiter confonde les chats ! »
Par cette adroite repartie
Elle sauva deux fois sa vie.

Plusieurs se sont trouvés qui, d'écharpe changeants,
Aux dangers, ainsi qu'elle, ont souvent fait la figue.
Le sage dit, selon les gens :
« Vive le Roi ! vive la Ligue ! »

Le Loup plaidant contre le Renard par-devant le Singe

Un Loup disait que l'on l'avait volé ;
Un Renard, son voisin, d'assez mauvaise vie,
Pour ce prétendu vol par lui fut appelé.
Devant le Singe il fut plaidé,
Non point par avocats, mais par chaque partie.
Thémis n'avait point travaillé,
De mémoire de singe, à fait plus embrouillé.
Le magistrat suait en son lit de justice.
Après qu'on eut bien contesté,
Répliqué, crié, tempêté,
Le juge, instruit de leur malice,
Leur dit : « Je vous connais de longtemps, mes amis,
Et tous deux vous paierez l'amende ;
Car toi, Loup, tu te plains, quoiqu'on ne t'ait rien pris ;
Et toi, Renard, as pris ce que l'on te demande. »
Le juge prétendait qu'à tort et à travers
On ne saurait manquer, condamnant un pervers.

18. Le Loup plaidant contre le Renard par-devant le Singe*

Un Loup disait qu'on l'avait volé,
Et accusait un certain Renard ;
Qui le dénonçait, lui, d'autre part.

La cause devant maître Singe fut plaidée.
Cependant, il eut du mal à la débrouiller.

Puis, le Singe, malin à fouiller,
Découvrit le noyau de l'affaire
Qui s'y dissimulait à couvert.

En fait, les deux étaient exhibitionnistes,
Et ils avaient choisi le même coin... C'est triste !

Près d'une école de jeunes filles,
Ils se cachaient derrière la grille.
C'est pourquoi tous les deux s'accusaient

Afin que l'un/l'autre[1] la place céderait.
Le Singe fit alors d'une pierre deux coups

En emprisonnant les deux filous :
L'un, car on ne lui avait rien pris ;
L'autre, pour ce qu'il n'avait pas pris[2].

Le juge prétendait qu'à tort et à travers
On ne se tromperait, condamnant deux pervers.

---
* Livre II – Fable 3.
1. Rayer la mention inutile... En accord avec l'absurdité présentée dans cette fable afin d'en faire aussi une satire de la justice (voir l'original ci-contre).
2. Et, là, on marche sur la tête !

Les deux Taureaux et une Grenouille

Deux Taureaux combattaient à qui posséderait
Une Génisse avec l'empire.
Une Grenouille en soupirait.
« Qu'avez-vous ? » se mit à lui dire
Quelqu'un du peuple croassant.
« Et ne voyez-vous pas, dit-elle,
Que la fin de cette querelle
Sera l'exil de l'un ; que l'autre, le chassant,
Le fera renoncer aux campagnes fleuries ?
Il ne régnera plus sur l'herbe des prairies,
Viendra dans nos marais régner sur les roseaux ;
Et nous foulant aux pieds jusques au fond des eaux,
Tantôt l'une, et puis l'autre, il faudra qu'on pâtisse
Du combat qu'a causé Madame la Génisse. »
Cette crainte était de bon sens
L'un des Taureaux en leur demeure
S'alla cacher à leurs dépens :
Il en écrasait vingt par heure.
Hélas ! on voit bien que de tout temps
Les petits ont pâti des sottises des grands.

19. Les deux Taureaux et les Grenouilles*

Deux Taureaux combattaient à qui lutinerait
Une Génisse qui soupirait :
Elle avait forte envie
[Maintenant]
Qu'un lui fourrât son vit.
Une dame Grenouille en tremblait ;
Une autre, effrayée, demanda ce qu'elle avait.
« Tu verras, restera un Taureau excité
Qui aura bien envie de biter.
Et qui va en souffrir
[Forcément]
De ce puissant désir ?
Nous, les Grenouilles, il voudra prendre,
Opprimées, sans défense, obligées de s'étendre.
Tantôt l'une, et puis l'autre, il faudra qu'on pâtisse
Du désir qu'a causé la Génisse... »
... La bête de malheur
[Sûrement]
En bita vingt par heure[1] !

Hélas, on voit bien que de tout temps
Les petits ont pâti des sottises des grands !

---

* Livre II – Fable 4 : Les deux Taureaux et une Grenouille.
1. Belle perf !... Certes, mais il en faut beaucoup plus pour égaler le poids d'une génisse.

20. Conseil tenu par les Rats*

Un Chat, que les Rats nommaient Jean[1],
Niquait les Rates l'an durant.
Bien qu'il perdît un peu ses poils,
Elles croyaient voir les étoiles.
Car, tout ce temps, le Chat muant,
Avec ses façons de Don Juan[2]
Et ses prouesses sexuelles,
Les menait au Septième Ciel.
Toutes voulaient se faire mettre
Jusqu'au plus profond de leur être.
Maître Jean, fier de son gros nœud,
Se moquait des petites queues.
Les Rats, n'en pouvant plus, jaloux,
Tinrent conseil contre matou.
Ils supplièrent leur doyen,
Pleurants : « Trouve-nous un moyen.
— Mes Ratons, la solution,
Pour sûr, c'est la castration ! »
La plupart du chef opinèrent ;
D'autres, plus aigris, s'enflammèrent :
« Tu as raison. À ce salaud,
Il faut lui couper les grelots[3] ! »
D'accord sur l'acte à accomplir,
Mais qui dès lors allait agir ?
L'un dit : « J'ai du lait sur le feu... »
L'autre : « Je ne sais, je ne peux... »
Un autre : « Je ne suis pas fou... »
Ils se quittèrent... Ce fut tout !

Ne faut-il que délibérer,
La place en conseillers foisonne ;
Est-il besoin d'exécuter,
L'on ne rencontre plus personne.

Conseil tenu par les Rats

Un Chat, nommé Rodilardus,
Faisait des rats telle déconfiture
Que l'on n'en voyait presque plus,
Tant il en avait mis dedans la sépulture.
Le peu qu'il en restait, n'osant quitter son trou,
Ne trouvait à manger que le quart de son sou,
Et Rodilard passait, chez la gent misérable,
Non pour un chat, mais pour un diable.
Or un jour qu'au haut et au loin
Le galand alla chercher femme,
Pendant tout le sabbat qu'il fit avec sa dame,
Le demeurant des Rats tint chapitre en un coin
Sur la nécessité présente.
Dès l'abord, leur Doyen, personne fort prudente,
Opina qu'il fallait, et au plus tôt que plus tard,
Attacher un grelot au cou de Rodilard ;
Qu'ainsi, quand il irait en guerre,
De sa marche avertis, ils s'enfuiraient en terre ;
Qu'il n'y savait que ce moyen.
Chacun fut de l'avis de Monsieur le Doyen :
Chose ne leur parut à tous plus salutaire.
La difficulté fut d'attacher le grelot.
L'un dit : « Je n'y vas point, je ne suis pas si sot » ;
L'autre : « Je ne saurais. » Si bien que sans rien faire
On se quitta. J'ai maints chapitres vus,
Qui pour néant se sont ainsi tenus ;
Chapitres, non de rats, mais chapitres de moines,
Voire chapitres de chanoines.
Ne faut-il que délibérer,
La cour en conseillers foisonne ;
Est-il besoin d'exécuter,
L'on ne rencontre plus personne.

---

* Livre II – Fable 2.
1. Mais, j'l'ai pas fait exprès !... Si, ce prénom se prête mieux à ma version des faits ! Voir l'original ci-dessus. En plus, je l'adore ! Notez que mon chat aurait pu aussi bien s'appeler Zanova, mais c'eût été un peu tiré par les poils, non ?
2. Pour preuve (cf. note 1).
3. En référence au grelot que les rats doivent accrocher au cou du chat pour l'entendre arriver... Bon, ce n'est pas tout à fait pareil ! Et alors, la morale fonctionne au final... et est toujours d'actualité.

21. Lice et sa Compagne*

Une fois Lice[1] et sa Compagne
Sablaient chastement le champagne.
Les coupes de tant se remplir
Qu'elles causèrent du désir.
Elles, d'autant plus éméchées,
En arrivèrent aux doigtés.
La prude commença par un,
Trouvant ce doigt déjà coquin.
L'autre, émoustillée, en voulait
Toujours plus ; et il se devait
D'être accompagné d'un deuxième,
Qui suivi de près du troisième,
Attendaient le numéro quatre...
Et la Compagne de s'ébattre
Réclamant la patte d'un coup !
Laissez-la prendre un doigt[2] de vous
Qu'elle en voudra cinq aussitôt
Pour mieux titiller son clito...

Si vous donnez le bout du doigt,
Vite on vous prend (presque) le bras[3] !!!

---

* Livre II – Fable 7 : La Lice et sa Compagne.
1. Femelle du chien de chasse.
2. Pour ce que je lui demande de faire ici, vous avouerez quand même que c'est plus facile qu'avec un pied ! (cf. la fable ci-après).
3. Franchement, cela aurait pu être la vraie morale... parce que c'est le même sens que l'original, n'est-ce pas ?

La Lice et sa Compagne

Une Lice étant sur son terme,
Et ne sachant où mettre un fardeau si pressant,
Fait si bien qu'à la fin sa Compagne consent
De lui prêter sa hutte, où la Lice s'enferme.
Au bout de quelque temps sa Compagne revient.
La Lice lui demande encore une quinzaine ;
Ses petits ne marchaient, disait-elle, qu'à peine.
Pour faire court, elle l'obtient.
Ce second terme échu, l'autre lui redemande
Sa maison, sa chambre, son lit.
La Lice cette fois montre les dents, et dit :
« Je suis prête à sortir avec toute ma bande,
Si vous pouvez nous mettre hors. »
Ses enfants étaient déjà forts.
Ce qu'on donne aux méchants, toujours on le regrette.
Pour tirer d'eux ce qu'on leur prête,
Il faut que l'on en vienne aux coups ;
Il faut plaider, il faut combattre.
Laissez-leur prendre un pied chez vous,
Ils en auront bientôt pris quatre.

22. Le Lion, la Chienne et le Moucheron*

Il était une fois Nigaud, un Lion ;
Qui, pour faire un mariage de raison,
Épousa une Chienne avec de l'argent.
Le pauvre ballot en prit pour vingt-cinq ans.
La mégère était brune[1] et autoritaire.
C'était une pure garce en la matière ;
Et, comme elle le dominait très souvent,
Elle n'en était rien de moins qu'un tyran !
Mais, elle, ne voulait se faire tirer…
C'est dire si Nigaud pouvait se branler !
Cet idiot put le faire juste un soir :
Lui en colla deux d'un coup dans le tiroir.
En plus, toute la journée en sa maison,
Il devait subir maintes réflexions.
Elle était aussi jalouse, possessive,
Et l'espionnait de manière intrusive.
Aurait-il fait un petit tas de charpie
De sa vieille et acariâtre harpie ?
Bah oui, car il devait souffrir le martyre…
Pourquoi mit-il autant de temps à partir[2] ?!
C'est parce qu'en fait il avait rencontré
Le jour d'avant au milieu d'une soirée
Une demoiselle Moucheron jeunette
Qui avait l'air gentil : une blondinette[3].
Le Lion toute la nuit de la fourrer[4]…
Pourtant son répit fut de courte durée,
Car plus toxique se révéla l'insecte
Qui appartenait hélas à une secte
Dont les mœurs étaient un petit peu extrêmes[5] :
Ils baisaient, puis ils butaient leurs amants, blêmes !

Mais il avait le choix : boire du poison,
Être étranglé pour *The top* érection,
Ou se faire sucer jusqu'à la saignée !
Quelque chose par-là peut être enseigné ?

J'en vois deux : l'une est qu'entre nos ennemis
Sont souvent plus à craindre les plus petits ;
L'autre est qui croit d'un grand péril se soustraire
Peut périr après pour une moindre affaire[6].

---

* Livre II – Fable 9 : Le Lion et le Moucheron.
1 & 3. Ok, je reconnais tout de suite que l'opposition brune/blonde est facile, mais j'en avais besoin pour l'histoire… et puis, de toute façon, je suis rousse !
2. Bigre, on se le demande !?
4. Ô joie de voir passer ses melons à l'état de pommes, prunes, puis de petits raisins secs !
5. Si peu !
6. Euh, là aussi, j'avoue, j'ai légèrement trafiqué l'histoire… mais, vous pouvez me faire confiance, je vous assure qu'elle reste cohérente avec la morale d'origine.

23. Le Lièvre et les Grenouilles*

Un jour, un jeune Lièvre découvre
Une certaine protubérance
Qu'il pourrait se polir puisque s'ouvre
Enfin sa timide adolescence.
Il n'ose... tâte un peu... ça l'excite,
Mais poltron comme il est : il hésite !
N'étant pas préparé, il a honte,
Et a peur dès que ce désir monte.
Il s'astique alors en se cachant,
Ne sachant s'il peut être content.
Culpabilité de l'onaniste
À qui ça ne profite : c'est triste !
C'est pourquoi il persiste un dilemme
Entre sa frayeur et ce qu'il aime.
Il n'est pas paisible le poltron
Lorsqu'il prend son plaisir à tâtons.

…

Un autre jour, pour calmer sa trouille,
Il flâne et tombe sur des Grenouilles
Qui se tripotent tranquillement
Les unes aux autres : simplement !
Il se pose alors des questions.
Est-ce mal la masturbation ?
Elles, bondissent en le voyant...
Puis, reviennent tout en s'étonnant :
« Mais, se masturber, c'est naturel (?!)
C'est juste un des plaisirs sexuels. »
De les avoir mises en défaut,
Lui, déduit deux leçons[1] aussitôt :

« – Des animaux qui ont peur de moi ?
Il n'est, je vois, si poltron sur terre
Qui ne trouve plus poltron que soi...
– Hop, je me mets de suite à l'affaire ! »

---

* Livre II – Fable 14.
1. Je n'ai pas pu résister à ajouter une deuxième leçon à ma version... Cela dit, encore une fois, le sens premier et la progression dans la fable sont respectés (voir l'original ci-contre).

Le Lièvre et les Grenouilles

Un Lièvre en son gîte songeait
(Car que faire en un gîte, à moins que l'on ne songe ?) ;
Dans un profond ennui ce Lièvre se plongeait :
Cet animal est triste, et la crainte le ronge.
« Les gens de naturel peureux
Sont, disait-il, bien malheureux.
Ils ne sauraient manger morceau qui leur profite ;
Jamais un plaisir pur ; toujours assauts divers.
Voilà comme je vis : cette crainte maudite
M'empêche de dormir, sinon les yeux ouverts.
Corrigez-vous, dira quelque sage cervelle.
Et la peur se corrige-t-elle ?
Je crois même qu'en bonne foi
Les hommes ont peur comme moi. »
Ainsi raisonnait notre Lièvre,
Et cependant faisait le guet.
Il était douteux, inquiet :
Un souffle, une ombre, un rien, tout lui donnait la fièvre.
Le mélancolique animal,
En rêvant à cette matière,
Entend un léger bruit : ce lui fut un signal
Pour s'enfuir devers sa tanière.
Il s'en alla passer sur le bord d'un étang.
Grenouilles aussitôt de sauter dans les ondes ;
Grenouilles de rentrer en leurs grottes profondes.
« Oh ! dit-il, j'en fais faire autant
Qu'on m'en fait faire ! Ma présence
Effraie aussi les gens ! Je mets l'alarme au camp !
Et d'où me vient cette vaillance ?
Comment ? des animaux qui tremblent devant moi !
Je suis donc un foudre de guerre !
Il n'est, je le vois bien, si poltron sur la terre
Qui ne puisse trouver un plus poltron que soi. »

Le Lion et le Rat

Il faut, autant qu'on peut, obliger tout le monde :
On a souvent besoin d'un plus petit que soi.
De cette vérité deux fables feront foi,
Tant la chose en preuves abonde.

Entre les pattes d'un Lion
Un Rat sortit de terre assez à l'étourdie.
Le roi des animaux, en cette occasion,
Montra ce qu'il était, et lui donna la vie.
Ce bienfait ne fut pas perdu.
Quelqu'un aurait-il jamais cru
Qu'un lion d'un rat eût affaire ?
Cependant il avint qu'au sortir des forêts
Ce Lion fut pris dans des rets,
Dont ses rugissements ne le purent défaire.
Sire Rat accourut, et fit tant par ses dents
Qu'une maille rongée emporta tout l'ouvrage.
Patience et longueur de temps
Font plus que force ni que rage.

24. Le Lion et le Rat*

On a souvent besoin d'un plus petit que soi.
Ce qui suit ne va point le faire en bonne foi[1].

Le roi des animaux autrefois se moqua
Des tout petits grelots[2] de son valet le Rat.
Ce dernier, offusqué, s'éloigna de la cour
Où vivaient des sujets si membrés pour l'amour.
Le Lion, cet Hercule, était un sodomite ;
Il aimait qu'on l'enc...[3] avec des tas de bites.
Mais celles-ci étaient grosses pour la pratique.
Du coup, le sire avait, en raison de la nique,
L'hémorroïde au cul qui lui faisait bien mal :
Le roi ne pouvait plus monter sur son cheval !
Ses sujets poursuivaient, loyaux, mais trop membrés,
Quand le Lion, mettaient, ça le faisait hurler.
Or, le sire tenait à son petit plaisir,
Si bien qu'il insistait afin de l'assouvir.
Il se souvint du Rat, de sa petite queue ;
Aussi, il l'appela pour qu'il lui mît son nœud.
Le bon roi s'excusant, car il ne l'aurait cru,
Était enfin content, quand le Rat prit son cul[4] !!

---

* Livre II – Fable 11.
1 & 4. Je vous avais prévenu ! Cela dit, la morale se tient... dans le fond !
2. Cf. fable N°20.
3. Oh, je suis choquée !... Ce n'est pas de ma faute, c'est juste pour la rime à la césure de l'hémistiche.

Le Paon se plaignant à Junon (extrait)

Le Paon se plaignait à Junon.
« Déesse, disait-il, ce n'est pas sans raison
Que je me plains, que je murmure :
Le chant dont vous m'avez fait don
Déplaît à toute la nature ;
[...]
Junon répondit en colère :
« Oiseau jaloux, et qui devrais te taire,
[...]
Est-il quelque oiseau sous les cieux
Plus que toi capable de plaire ?
Tout animal n'a pas toutes propriétés.
Nous vous avons donné diverses qualités :
[...]
Tous sont contents de leur ramage.
Cesse donc de te plaindre, ou bien, pour te punir,
Je t'ôterai ton plumage. »

25. Le Paon se plaignant à Junon*

Un Paon se plaignit à Junon[1]
De sa piètre élocution.
Junon répondit en colère :
« Animal sans vocabulaire,
N'as-tu pas un superbe corps
Que les demoiselles adorent ?
— Si ! Quand mes muscles elles voient,
Les dames tombent en émoi.
— La Nature, dans sa bonté,
Ne t'a-t-elle pas fort membré ?
— Si ! Ma queue est bien disposée
Tout le temps à être érigée.
Mais... après avoir été prises,
En se moquant, ces dames disent
Que je ne suis une lumière
Très marquée par le caractère.
Elles veulent se faire mettre
Et, après, elles m'envoient paître !
— Entends-moi, animal stupide,
Ne te suffit un corps splendide ?
Chacun ses caractéristiques :
Toi, tu as des dons pour la nique.
Et puis arrête de brailler...
Sinon je t'enlève le plaisir de triquer[2] ! »

A-t-on une morale à ça ?
Oui ! On n'est jamais content de ce que l'on a[3]...

---

* Livre II – Fable 17.
1. Déesse latine de la féminité et du mariage.
2. Gloups !
3. Voici une morale plus personnelle... mais le sens est préservé, n'est-ce pas ? (cf. ci-contre).

26. Le Coq et le Renard*

Sur un poteau perché, tout en faisant le guet,

Un vieux Coq, homo et malin,
Attendait ses compagnons gays
Pour partouzer jusqu'au matin.
La teuf promettait d'être belle :
L'hôte la prônait sexuelle.
Mais un Renard passant par-là
S'invita à la fiesta.

Tout excité déjà car il était voyeur,

Fêlé, matamore[1] : un tueur !
Il prit le Coq avec douceur,
Et se fit passer pour homo.
Ce qu'il dit tient en peu de mots :
« Ami, tu es si en beauté
Que j'ai envie de te sauter ! »
Serein, le Coq ne l'était point...

Lorsqu'il vit ses copains, deux gros Dogues[2], au coin.

Il s'en servit : sa peur de fondre,
Car le Renard il put confondre.
Faut dire qu'ils étaient musclés ;
De l'entrepatte, fort membrés.
Ils portaient sur leur peau hâlée
Des t-shirts blancs très échancrés.
Le Coq les mêla, ironique,

Et offrit au Renard qu'aussitôt... ils le niquent[3] !

Un poil moins fat, le psychopatte[4]
Partit la queue entre les pattes ;
Tout en faisant attention
De n'être pris : à reculons[5] !
Et notre vieux Coq en soi-même,
Bien content de son stratagème,
Se mit à rire de sa peur,

Car c'est double plaisir de tromper le trompeur !

---

* Livre II – Fable 15.
1. Pour ne pas dire « un beau parleur prétentieux pervers un brin cinglé qui aime reluquer ses futures proies avec insistance afin de les choisir comme il se doit avant de les occire... » Bah, pourquoi ?... C'est trop long !!
2. Perso, je les trouve plus adaptés que les lévriers pour la logique de mon histoire (cf. l'original ci-contre).
3. Je sais, j'aurais dû mettre « ... niquassent », mais c'eût été moins joli... Ok, c'est surtout pour la rime.
4. Malade mental à quatre pattes... Mouais, il est tiré par les poils celui-là !
5. En même temps, c'est logique !

Le Coq et le Renard

Sur la branche d'un arbre était en sentinelle
Un vieux Coq adroit et matois.
« Frère, dit un Renard, adoucissant sa voix,
Nous ne sommes plus en querelle.
Paix générale cette fois.
Je viens te l'annoncer ; descends, que je t'embrasse.
Ne me retarde point, de grâce ;
Je dois faire aujourd'hui vingt postes sans manquer.
Les tiens et toi pouvez vaquer,
Sans nulle crainte, à vos affaires ;
Nous vous y servirons en frères.
Faites-en les feux dès ce soir,
Et cependant viens recevoir
Le baiser d'amour fraternelle.
— Ami, reprit le Coq, je ne pouvais jamais
Apprendre une plus douce et meilleure nouvelle
Que celle
De cette paix ;
Et ce m'est une double joie
De la tenir de toi. Je vois deux Lévriers,
Qui, je m'assure, sont courriers
Que pour ce sujet on envoie :
Ils vont vite, et seront dans un moment à nous.
Je descends ; nous pourrons nous entre-baiser tous.
— Adieu, dit le Renard, ma traite est longue à faire :
Nous nous réjouirons du succès de l'affaire
Une autre fois. » Le galand aussitôt
Tire ses grègues, gagne au haut,
Mal content de son stratagème.
Et notre vieux Coq en soi-même
Se mit à rire de sa peur ;
Car c'est double plaisir de tromper le trompeur.

Le Loup et la Cigogne

Les Loups mangent gloutonnement.
Un Loup donc étant de frairie
Se pressa, dit-on, tellement
Qu'il en pensa perdre la vie :
Un os lui demeura bien avant au gosier.
De bonheur pour ce Loup, qui ne pouvait crier,
Près de là passe une Cigogne.
Il lui fait signe ; elle accourt.
Voilà l'opératrice aussitôt en besogne.
Elle retira l'os ; puis, pour un si bon tour,
Elle demanda son salaire.
« Votre salaire ? dit le Loup :
Vous riez, ma bonne commère !
Quoi ? ce n'est pas encor beaucoup
D'avoir de mon gosier retiré votre cou ?
Allez, vous êtes une ingrate :
Ne tombez jamais sous ma patte. »

27. Le Loup et la Cigogne*

Un Loup véreux sans vergogne
Se leva une Cigogne,
Et proposa à la Belle
Un pur rapport sexuel.
Mais, avant de commencer,
Tout d'abord le vil rusé
Tint à sa fellation.
En passant à l'action,
Avec son bec bien profond,
Le Loup put jouir à fond…
Belle s'enquit de l'échange…
« Vous trousser ? dit le filou,
Vous plaisantez mon cher ange !
Ce n'est pas déjà beaucoup
De tout avaler d'un coup ?
Allez donc petite ingrate,
Éloignez-moi cette chatte ! »

---

* Livre III – Fable 9 : c'est ma préférée ! (cf. ci-contre).

Le Renard et les Raisins

Certain Renard gascon, d'autres disent normand,
Mourant presque de faim, vit au haut d'une treille
Des Raisins mûrs apparemment,
Et couverts d'une peau vermeille.
Le galand en eût fait volontiers un repas ;
Mais comme il n'y pouvait atteindre :
« Ils sont trop verts, dit-il, et bons pour des goujats. »

Fit-il pas mieux que de se plaindre ?

28. Le Renard et les Raisins*

Certain sire Renard tomba en pâmoison
Devant jeune Pétard[1] avec des gros bonbons.
Comme ces deux Raisins couleur rouge vermeil
Lui plaisaient vraiment bien, proposa des merveilles…
Le jeunot de rire n'étant pas complexé
Se moqua du sire qui lui fut très vexé,
Puis qui crut, tranquille, qu'il ne les voulait pas :
« Grelots[2] trop verts, dit-il, et venant d'un goujat ! »

Bien souvent, au Renard, on ressemble en ce point ;
Quand on ne peut avoir, on dit qu'on en veut point[3].

---

* Livre III – Fable 11.
1. Ok, en France, c'est un postérieur. Mais, au Québec, c'est un beau mec.
2. Même métaphore que les bonbons, ou les raisins d'ailleurs (cf. fable N°20).
3. C'est bien vrai, mais ce n'est pas la morale de La Fontaine… En revanche, le sens est le même (cf. ci-contre).

Le Chameau et les bâtons flottants

Le premier qui vit un Chameau
S'enfuit à cet objet nouveau ;
Le second approcha ; le troisième osa faire
Un licou pour le Dromadaire.
L'accoutumance ainsi nous rend tout familier :
Ce qui nous paraissait terrible et singulier
S'apprivoise avec notre vue
Quand ce vient à la continue.
Et puisque nous voici tombés sur ce sujet,
On avait mis des gens au guet,
Qui voyant sur les eaux de loin certain objet,
Ne purent s'empêcher de dire
Que c'était un puissant navire.
Quelques moments après, l'objet devint brûlot,
Et puis nacelle, et puis ballot,
Enfin bâtons flottants sur l'onde.

J'en sais beaucoup de par le monde
À qui ceci conviendrait bien :
De loin, c'est quelque chose ; et de près, ce n'est rien.

29. Le Chameau et les bâtons flottants*

La première fois qu'on voit bander un Chameau,
On s'enfuit en courant à cet objet nouveau.
Mais, pour peu qu'on soit attiré, on s'habitue.
On le saisit, on touche… et puis on continue !
L'accoutumance ainsi nous rend plus familiers ;
Ce qui nous paraissait terrible et singulier
S'apprivoise en un tournemain
Au simple contact de nos mains.
Et, puisque nous voici tombés sur le sujet,
La chose[1] peut être domptée en un seul jet.
Par exemple, une Chamelle eut peur en nageant
Lorsqu'elle vit au loin des bâtons turgescents[2].
Ils étaient en fait accrochés
À des Chameaux très excités.
Les bâtons et son courage, à deux mains, les prit ;
Les frotta de près jusqu'à ce qu'ils soient petits :
Bâtonnets qui, flottant sur l'onde,
N'impressionnaient plus grand monde.

Voici ce qui résume bien :
De loin, c'est quelque chose ; et de près, ce n'est rien !

---

* Livre IV – Fable 10.
1. Ai-je vraiment besoin de préciser quelle est cette chose ?
2. Eh ben, c'est la même chose !

Le Renard et le Bouc

Capitaine Renard allait de compagnie
Avec son ami Bouc des plus haut encornés :
Celui-ci ne voyait pas plus loin que son nez ;
L'autre était passé maître en fait de tromperie.
La soif les obligea de descendre en un puits :
Là chacun d'eux se désaltère.
Après qu'abondamment tous deux en eurent pris,
Le Renard dit au Bouc : « Que ferons-nous, compère ?
Ce n'est pas tout de boire, il faut sortir d'ici.
Lève tes pieds en haut, et tes cornes aussi ;
Mets-les contre le mur : le long de ton échine
Je grimperai premièrement ;
Puis sur tes cornes m'élevant,
A l'aide de cette machine,
De ce lieu je sortirai,
Après quoi je t'en tirerai.
— Par ma barbe, dit l'autre, il est bon ; et je loue
Les gens bien sensés comme toi.
Je n'aurais jamais, quant à moi,
Trouvé ce secret, je l'avoue. »
Le Renard sort du puits, laisse son compagnon,
Et vous lui fait un beau sermon
Pour l'exhorter à patience.
« Si le ciel t'eût, dit-il, donné par excellence
Autant de jugement que de barbe au menton,
Tu n'aurais pas, à la légère,
Descendu dans ce puits ; Or adieu : j'en suis hors ;
Tâche de t'en tirer, et fais tous tes efforts ;
Car pour moi, j'ai certaine affaire
Qui ne me permet pas d'arrêter en chemin. »
En toute chose il faut considérer la fin.

30. Le Renard et le Bouc*

Un rusé de Renard allait en compagnie
D'un Bouc qui était bête à s'en faire berner.
L'un était maître en matière de tromperie,
L'autre ne voyant plus loin que le bout du nez.
Le Bouc, ce ballot, le suivait sans sourciller ;
Lorsqu'un jour, ils eurent fort envie d'artiller.
En se promenant, ils rencontrèrent tous deux
Une belle Renarde au pelage de feu.
Le rusé se servit du benêt pour draguer,
Alors que ce dernier n'osait que bafouiller.
C'est ainsi que le Bouc chut dans un puits[1] sans fond,
Tandis que l'autre sauta… sur l'occasion.
Pour bien en profiter par derrière il jura :
« Après, ce sera toi ! » ; et le sot rassura.
Étant dès lors d'accord, il se gaussa du Bouc
Qui, sans s'en douter, passait juste pour un plouc.
Le maître se vantait, en valeur se mettait ;
La drague marcha : la Renarde le voulait.

Quand s'enflammant, elle frétilla de désir,
Il prit le temps de lui procurer du plaisir.
Ils commencèrent par un long soixante-neuf ;
Assise ensuite sur lui, se mit comme un œuf² ;
Ainsi, le rusé l'attrapa à pleines mains
Afin de lui donner de puissants coups de reins.
Il arriva très vite à ses fins avec elle
En n'oubliant le plaisir de la demoiselle.
Le Bouc, patient, n'y pouvant faire grand-chose,
Les regardait se mettre dans toutes ces poses.
Puis, elle partit, n'ayant plus besoin de rien ;
Laissant l'un, le nœud vidé, repu... à sa faim ;
L'autre attend toujours... sans même branler le sien ?!

En toute chose, il faut considérer la fin !

---

* Livre III – Fable 5.
1. Si !... En tout cas, le mien... en référence au fameux puits dans lequel descendent le renard et le bouc, où ce dernier restera d'ailleurs en plan... Tout pareil, je vous dis (cf. l'original ci-avant).
2. En boule, quoi ! Mais, euh, c'est juste pour la rime... OK, là, je suis d'accord, je sors !

31. La Chatte métamorphosée en Femme*

Un Homme adorait une Chatte...
Il la trouvait si délicate
Que, de sa fonction première,
Il s'en foutait : « Pff, rien à faire ! »
Il allait la voir tous les jours,
Et ne passait jamais son tour.
Quand ils montaient les escaliers,
Il sentait qu'ils étaient liés.
Il payait plus qu'il ne fallait,
Autant de cadeaux il faisait.
En fait, il était amoureux,
Et la voulait pour lui tout seul !
Il devenait très malheureux
Sachant qu'elle n'était bégueule.
À force d'être courtisée,
Elle accepta de l'épouser.
En Femme, elle devint heureuse ;
Elle ne faisait plus la gueuse,
Et se croyait débarrassée
De son tumultueux passé.
Mais, pour une vie bien menée,
L'Homme devait se démener ;
Du coup, il la baisait moyen
Pour qu'elle ne manquât de rien.
La Femme en vint à s'ennuyer,
De l'argent à se soucier.
Elle essaya de résister,
Mais elle était toujours tentée.
Donc, elle revit ses copines
Qui, elles, croulaient sous les pines !
« Bon, en m'y mettant posément,
J'y trouverai de l'agrément...

Juste un petit peu… en journée[1] !? »
Puis… elle quitta le foyer
Dès qu'il avait le dos tourné,
Et elle l'aida… à payer !
La Chatte tapinait au bois,
Arrondissait les fins de mois.
Sur son Homme, ne pesait point ;
Il s'en contenta, et de loin.
Chacun avait trouvé son lot…

Chassez le naturel, il revient au galop[2] !!!

---

* Livre II – Fable 18.
1. Mouais, on dit ça !
2. Eh ben non, malgré les apparences, ce n'est pas la morale. Néanmoins, ma version a le même sens que l'original. Cela dit, cette expression existe. Tout le monde la connaît, mais son origine est bien antérieure à La Fontaine, car elle vient d'Horace (avant J.C.).

32. Les Grenouilles qui demandent un Roi*

    Quelques Grenouilles Amazones[1]
    Chassèrent leur Reine du trône.
     Elles étaient plus que lassées
     De ne pouvoir que se sucer ;
      Et, étant toutes en chaleur,
      Exigèrent un Roi Baiseur.
     Jupiter, las de leurs requêtes
     Continues et sempiternelles,
     Céda à ces fichues femelles
    Un Sire avec une quéquette...
      Mais, celui-ci était gentil,
     Que des caresses il leur fit.
Il avait les mains bien trop douces ;
Ce qui, pour ces fières sauvages,
Au lieu de calmer leurs secousses,
     Les faisait écumer de rage...
      Et de se plaindre à Jupiter
      D'un Roi aussi affectueux ;
    De nouveau, elles réclamèrent
      Un Sire plus tumultueux.
      Jupin[2], de constitution
    Un tout petit peu sarcastique[3],
     Les flanqua d'un Centurion...
     Assez peu doué pour la nique !
C'était un fier guerrier comme elles,
   Vaillant vraiment et fort musclé ;
     Sur son cheval très assuré :
     Il se tenait droit sur sa selle...
     Ce qui n'était point trop le cas
     De son glaive souvent à plat[4].
   Et Grenouilles de tant se plaindre,
   Elles n'arrêtaient pas de geindre,

Si brailleuses que Jupiter
Finit par se mettre en colère :
« Le premier Roi était trop doux ?
Ce Sire aurait dû vous suffire.
De celui-ci contentez-vous,
De peur d'en rencontrer un pire[5] ! »

---

* Livre III – Fable 4.
1. Bah oui, c'est comme ça. J'en avais besoin pour mon histoire... Même si, j'avoue, il est fort peu probable de penser à ces animaux-là pour incarner de telles guerrières.
2. Nom familier de Jupiter.
3. Non, vous croyez ?!
4. Pas besoin de faire un dessin...
   Et elles sont beaucoup : ça craint !
5. Bien fait ! Voir la morale du paon (fable N°25).

33. Le Coucou, le Crapaud et la Sauterelle*

Je vais vous conter une histoire pas si triste
Qui fut vécue jadis par trois protagonistes.

Dame Coucou s'était éprise d'un Crapaud
Lorsqu'une Sauterelle vint faire le Beau...
L'avide du batracien avait pour délire
De trop donner pour satisfaire son plaisir.
Elle mit toute son imagination
Au service de l'objet de sa passion.
Mais il ne la méritait pas cet égoïste,
Il se targuait de ne pas être un hédoniste.
Rien ne passait dans sa peau flasque[1], impénétrable.
Nulle émotion : il se disait vénérable,
Qu'il préférait bouffer au lieu de la biter
Pour excuser son manque de maturité.
Ces risibles fadaises n'empêchaient pourtant
Qu'il se laisse sucer le gland par tous les temps.
À dire vrai, il n'était pas très performant,
Mais l'Amour rend aveugle : le Prince Charmant[2] ?!
Elle lui avait tant exhibé par amour,
Il prit le tout, et ne donna rien en retour.
Sur ses jolies plumes, Crapaud eut la mainmise ;
Étant à poil[3], elle attira les convoitises...
Passant par-là, et par hasard, la Sauterelle
Tomba tout à coup amoureux fou de la Belle.
Si fasciné par la douceur de sa peau nue
Que tout d'abord il fut pris pour un farfelu.
Faut dire qu'elle n'était pas habituée
Que l'on ait autant envie de la butiner[4].

Il était tendre, et faut aussi lui reconnaître
Que, sur l'instant, lui ne rechignait à la mettre :
Tout en haut de ses pattes fines et musclées,
Trônait un dard[5] membré qui était disposé
À n'écouter que son désir de la sauter[6],
Car vraiment de son corps il était excité.
Les deux amants firent alors maintes prouesses
En partageant là plusieurs nuits de liesse.
Le Crapaud, n'ayant plus rien à prendre et par peur
(Queue entre les pattes[7]), se maria ailleurs.
Dame Coucou, malgré son bel Amour déçu,
S'en foutait, car dans le doute ne l'était plus.

Et donc ? L'Amour peut devenir un vrai malheur
Lorsqu'on s'abandonne à un petit profiteur...
Souvent, la baise peut s'avérer efficace
Pour peu qu'on ait envie de bouger sa carcasse !

---

* Ne cherchez pas cette fable-là chez La Fontaine, elle n'existe pas.
1. Il ne faut pas oublier que c'est un crapaud !
2. Et ce n'est sans doute pas faute d'avoir beaucoup embrassé le bestiau pour essayer de le transformer. Mais le crapaud est définitivement resté... Bah, un crapaud... Elle s'attendait à quoi franchement, ça n'existe que dans les contes pour enfants ces trucs-là.
3. Il faudrait savoir !?
4. Et puis, il faut bien admettre que ce n'est pas fréquent chez la sauterelle... de butiner !
5. Ben non, ce n'est toujours pas une abeille (cf. note 4). Certes, mais l'image est facile.
6. Là, oui, c'est logique ! Je dirai même plus, à ce niveau-là, ça tombe sous le sens.
7. Bon, j'avoue, cet animal-là n'est pas vraiment caractérisé par un appendice caudal des plus démesurés, mais il y a l'idée...

34. La Grenouille et le Rat*

Souvent les histoires commencent comme ça ;
Je l'écris de mémoire : il était une fois…

Une dame Grenouille,
Passionnée d'un Rat,
Quémandait ses chatouilles ;
On ne sait pas pourquoi[1] (?)
Elle avait à tout prix,
Au tréfonds de son être,
Bien envie qu'il la prit :
Voulait se faire mettre !
Mais le Rat se faisait
Prier sans nulle excuse ;
Elle… cherchait… creusait…
Trouva alors la ruse :

En vantant les plaisirs de naviguer sur l'eau,
Elle l'eut pour finir ; il monta sur son dos.

Et pour le rassurer,
Ce n'était même rien,
Ils s'étaient accrochés
D'un drôle de lien.
Au beau milieu du lac,
Perfide proposa
Puisqu'il avait le trac
Qu'enfin il la baisa…
Mécontent du chantage,
Le Rat se débattit ;
Elle avait l'avantage,
Il était déconfit.

Un Oiseau, en voyant de loin la gestuelle,
Pensa : « c'est excitant ! » ; étant bisexuel.

Il fondit sur la proie,
Celle-ci étant double,
S'en donna à cœur joie ;
Les prit en l'air sans trouble.
Comme ils étaient liés,
L'Oiseau avait le compte :
Les deux a pu niquer.
Le Rat, enfin sans honte
Car mis du bon côté,
Se laissa vraiment faire.
Mais l'autre, dégoûtée,
Prit moins part à l'affaire…

La ruse la mieux ourdie nuit à l'inventeur
Quand la perfidie retourne sur son auteur[2].

---

* Livre IV – Fable 11.
1. Effectivement, mais ça n'a aucune espèce d'importance !
2. Ou « tel est pris qui croyait prendre » (cf. Livre VIII – Fable 9).

35. Le Lièvre et la Tortue*

Rien ne sert de courir ; il faut partir à point :
Le Lièvre et la Tortue en sont un témoignage…

« Faire pâmer de plaisir pas moins »,
Clama maître Tortue, pas si sage.
L'autre dit : « laisse-moi rigoler ! »
Bien atteint au cœur de sa fierté.
Débuta ainsi un dur pari
Entre un vieillard et un sûr de lui.
Passant pas loin, deux jolies Minettes
Jouèrent bon gré aux galipettes.
Le Lièvre partit sans assurer,
Et se laissa mollement sucer ;
Il était si fier de ses prouesses
Qu'il put s'adonner à la paresse.
Mais, l'une se demandait pourtant
Quand allait-il être performant ?
Ce jeune Lièvre a bien l'air fringuant,
Que n'est-il pas des plus convaincants ?
L'autre ne se posait questions,
Car le maître était en action.
Ce dernier plus vieux, pesant et lent,
Était en la matière savant ;
Se servant tour à tour de ses doigts,
De sa langue s'insinuant : joie !
Sa Minette en feulait de plaisir ;
Elle était sur le point de venir.
Le Lièvre les voyant près du but :
Hop ! sur la sienne, le vit en rut.

Mais si peu l'avait-il introduit
Qu'il était devenu tout petit.
De la semence, il n'en restait plus,
Sauf sur la pauvre Chatte déçue[1] !
Bref, peu importe l'aspect physique
Si tu veux te taper bonne nique ;
Sans défaut de passer pour un con,
Le savoir aura toujours raison :

« N'hésitez pas à bien exciter,
Et rien ne sert de trop se vanter[2]. »

---

* Livre VI – Fable 10.
1. Eh ben, tout ça pour ça !
2. J'avoue, c'est une morale plus personnelle, mais tellement vraie ! À bon entendeur (cf. l'original ci-contre pour le plaisir... J'adore !). D'autant plus que je suis à peu près sûre qu'il y a de l'idée dans ma version des faits... Il faut garder à l'esprit que La Fontaine avait écrit ses fables à l'époque en utilisant plusieurs niveaux de lecture où s'entremêlaient ironie, satire et morale... Il ne faut pas oublier non plus qu'il s'était lui-même prêté au jeu des contes grivois... Le doute est permis, non ?

Le Lièvre et la Tortue

Rien ne sert de courir ; il faut partir à point :
Le Lièvre et la Tortue en sont un témoignage.
« Gageons, dit celle-ci, que vous n'atteindrez point
Sitôt que moi ce but. — Sitôt ? Êtes-vous sage ?
Repartit l'animal léger :
Ma commère, il vous faut purger
Avec quatre grains d'ellébore.
— Sage ou non, je parie encore. »
Ainsi fut fait ; et de tous deux
On mit près du but les enjeux :
Savoir quoi, ce n'est pas l'affaire,
Ni de quel juge l'on convint.
Notre Lièvre n'avait que quatre pas à faire,
J'entends de ceux qu'il fait lorsque, prêt d'être atteint,
Il s'éloigne des chiens, les renvoie aux calendes,
Et leur fait arpenter les landes.
Ayant, dis-je, du temps de reste pour brouter,
Pour dormir, et pour écouter
D'où vient le vent, il laisse la Tortue
Aller son train de sénateur.
Elle part, elle s'évertue,
Elle se hâte avec lenteur.
Lui cependant méprise une telle victoire,
Tient la gageure à peu de gloire,
Croit qu'il y va de son honneur
De partir tard. Il broute, il se repose,
Il s'amuse à toute autre chose
Qu'à la gageure. A la fin, quand il vit
Que l'autre touchait presque au bout de la carrière,
Il partit comme un trait ; mais les élans qu'il fit
Furent vains : la Tortue arriva la première.
« Eh bien ! lui cria-t-elle, avais-je pas raison ?
De quoi vous sert votre vitesse ?
Moi l'emporter ! Et que serait-ce
Si vous portiez une maison ? »

36. Le Renard ayant la queue coupée*

Il était un fils de Renarde
Qui, dans sa jeunesse un jour par mégarde,
Eut un morceau de queue coupée ;
Le jeune sire[1] en fut fort révolté.
Il fit tout d'abord des complexes,
Pensant qu'il lui manquait le bout du sexe.
Faut dire que ses congénères
N'arrêtaient pas, et de lui se moquèrent.
À cause du prépuce en moins,
Il en faisait se gausser bien plus d'un :
Ils le nommaient le Mal Fini,
L'Écourté ou pis... le Sire Concis[2].
[...]

Plus tard[3], il fut récompensé
Lorsqu'il s'aperçut que les demoiselles
Du coup adoraient le sucer :
Elles se mettaient à l'œuvre avec zèle...

Pour sûr, tout le monde le sait ;
C'est plus agréable : on en sucerait[4] !

---

* Livre V – Fable 5.
1 & 2. Bah oui, vous m'avez vu venir, là, elle était facile ! Cela dit, selon moi, ce n'est pas du tout une insulte.
3. À l'âge de la maturité sexuelle.
4. Pour ne pas dire « on en mangerait ». Pourquoi ? Ça pourrait faire mal !

37. Perrette et le Pot au lait*

Je vais vous raconter à ma manière
« Le Pot au lait et Perrette (laitière) ».

Elle va bien légère et court vêtue,
Mais la mienne a un peu moins de vertu[1] !
Perrette de la ferme était lassée,
En chemin se mit donc à rêvasser...
Elle pensait : « avec l'argent du lait,
Du maquillage je m'achèterais.
J'irais à la ville vendre mes charmes
Afin d'aiguiser ce qui me sert d'armes.
Je me ferais alors gonfler les lèvres
Pour faire un film qui transpire de fièvre.
Pis je me ferais remonter les fesses,
Ferais du X à fond pour la richesse.
Et pis je me ferais grossir les seins
Pour jouer des rôles d'autant coquins.
Pis je me ferais aspirer le ventre
Afin qu'encore plus de queues y entrent.
Et pis je gagnerais des tas d'argent
En me faisant sauter par tous ces gens.
Pis je serais du porno la top star
Qui prendrait toutes les positions.
Ce serait bien évidemment la gloire,
Et je m'achèterais plein d'actions.
Pis peut-être même aussi un château,
Je le vois déjà très grand et très beau[2] ! »
Perrette, ne faisant attention,
Trébucha et tomba sur le menton.
Le pot cassa : le lait se répandant...
Adieu maquillage, lèvres, argent,
Fesses fermes, ventre plat, gros nichons,
Porno-positions et actions...

Elle finit son chemin en pleurant,
Et ne put s'en empêcher en pensant
À cette fortune ainsi répandue,
Qu'avant d'avoir, elle l'avait perdue !
La simplette un peu tard avait compris :
Faire de trop grands projets est folie.

Qu'advient-il des beaux châteaux en Espagne ?
Rien du tout ! Les fantasmes ils rejoignent.

---

* Livre VII – Fable 10 : La Laitière et le Pot au lait.
1. Pour preuve, cf. la fable originale ci-contre.
2. Elle est mignonne, non ?!

La Laitière et le Pot au lait (extrait)

Perrette, sur sa tête ayant un pot au lait
Bien posé sur un coussinet,
Prétendait arriver sans encombre à la ville.
Légère et court vêtue, elle allait à grands pas,
Ayant mis ce jour-là, pour être plus agile,
Cotillon simple et souliers plats.
Notre laitière ainsi troussée
Comptait déjà dans sa pensée
Tout le prix de son lait, en employait l'argent ;
Achetait un cent d'œufs, faisait triple couvée :
La chose allait à bien par son soin diligent.
« Il m'est, disait-elle, facile
D'élever des poulets autour de ma maison ;
Le renard sera bien habile
S'il ne m'en laisse assez pour avoir un cochon.
Le porc à s'engraisser coûtera peu de son ;
Il était, quand je l'eus, de grosseur raisonnable :
J'aurai, le revendant, de l'argent bel et bon.
Et qui m'empêchera de mettre en notre étable,
Vu le prix dont il est, une vache et son veau,
Que je verrai sauter au milieu du troupeau ? »
Perrette là-dessus saute aussi, transportée ;
Le lait tombe : adieu veau, vache, cochon, couvée.
La dame de ces biens, quittant d'un œil marri
Sa fortune ainsi répandue,
Va s'excuser à son mari,
En grand danger d'être battue.
Le récit en farce en fut fait ;
On l'appela le Pot au lait.
Quel esprit ne bat la campagne ?
Qui ne fait châteaux en Espagne ?
[…]

38. La Chatte et le Morpion*

Ne savez-vous que Morpion,
Pour qu'on lui lâche le fion,
Élut logis chez une Chatte,
Sans le faire exprès : à la hâte ?
L'insecte quittait une aride
Vers un lieu plus chaud et humide.
Après les gratouilles d'usage,
Il déposa sitôt bagages
Pour ne jamais déménager ;
Elle ne put le déloger.
À dire vrai, c'était pratique ;
Aux premières loges : la nique !
Ils étaient donc faits pour s'entendre[1].
Et, à force de tant se prendre,
L'Amour n'en était que plus fort.
Être emboîtables : nul effort !
Comme ils n'étaient dissociables,
On les nommait Inséparables[2].
Peut-on parler d'alter ego ?
Allez ! N'ayons pas peur des mots.

Baiser en étant amoureux,
On n'a rien inventé de mieux !

---
* Cette association manquait chez La Fontaine, non ?
1. Forcément ! Que peut-on trouver de mieux assortis que ces deux-là ?
2. Bah, ce n'étaient pas des oiseaux ? Pas grave, ça marche quand même pour l'histoire.

39. L'Escargot*

Il était une fois un drôle d'Escargot
Qui ne cherchait pas après son alter ego ;
Car, étant aussi misogyne que misandre,
Il ne voulait ni se faire mettre ni prendre.

Certes ! Mais faut avouer que ça fait beaucoup…
Comment procéder alors pour tirer un coup ?!

Cela dit, mon Gastropode hermaphrodite,
Étant doté d'un con, ainsi que d'une bite[1]
Et, se contraignant à maintes contorsions,
Put ainsi se mettre tout seul à l'action[2]…

Enfin, y a-t-il une morale suprême ?
Yep, on n'est jamais mieux servi que par soi-même[3] !

---

* Allez, ne cherchez pas cette fable-là chez La Fontaine, elle n'existe pas non plus.
1. Ou à peu près… en tout cas celui de ma fable !!
2. De par sa nature, l'escargot est déjà très souple, alors pourquoi pas ?
3. Pour conclure, c'est bien vrai ça !!

Table

1. La Cigale et la Fourmi — p.7
2. Le Corbeau et le Renard — p.9
3. La Grenouille qui veut se faire aussi grosse que les Bœufs — p.13
4. Les deux Mulets — p.15
5. Le Loup et le Chien — p.17
6. L'Hirondelle et les petits Oiseaux — p.19
7. Le Rat de ville et le Rat des champs — p.23
8. Le Loup et l'Agneau — p.25
9. Les voleurs et Anne — p.29
10. La Mort et le Bûcheron — p.31
11. L'Homme entre deux âges, et ses deux maîtresses — p.33
12. Le Renard et la Cigogne — p.35
13. Le Coq et Perle — p.39
14. Les Frelons et les Mouches à miel — p.41
15. Le Chêne et le Roseau — p.45
16. Contre celles qui ont le goût difficile — p.47
17. La Chauve-Souris et les deux Belettes — p.49
18. Le Loup plaidant contre le Renard par-devant le Singe — p.53
19. Les deux Taureaux et les Grenouilles — p.55
20. Conseil tenu par les Rats — p.57
21. Lice et sa Compagne — p.59
22. Le Lion, la Chienne et le Moucheron — p.61
23. Le Lièvre et les Grenouilles — p.63
24. Le Lion et le Rat — p.67
25. Le Paon se plaignant à Junon — p.69
26. Le Coq et le Renard — p.71
27. Le Loup et la Cigogne — p.75
28. Le Renard et les Raisins — p.77

29. Le Chameau et les bâtons flottants	p.79
30. Le Renard et le Bouc	p.81
31. La Chatte métamorphosée en Femme	p.83
32. Les Grenouilles qui demandent un Roi	p.85
33. Le Coucou, le Crapaud et la Sauterelle	p.87
34. La Grenouille et le Rat	p.89
35. Le Lièvre et la Tortue	p.91
36. Le Renard ayant la queue coupée	p.95
37. Perrette et le Pot au lait	p.97
38. La Chatte et le Morpion	p.101
39. L'Escargot	p.103

Originaux des fables de La Fontaine (intégral ou extrait)
Le Livre de Poche, 1999, Texte intégral... Ma bible !!

La Cigale et la Fourmi p.8, le Corbeau et le Renard p.11, la Grenouille qui se veut faire aussi grosse que le Bœuf p.12, les deux Mulets p.14, le Loup et le Chien p.16, le Rat de ville et le Rat des champs p.22, le Loup et l'Agneau p.27, les voleurs et l'Âne p.28, l'Homme entre deux âges, et ses deux Maîtresses p.32, le Renard et la Cigogne p.37, le Coq et la Perle p.38, les Frelons et les Mouches à miel p.43, le Chêne et le Roseau p.46, la Chauve-Souris et les deux Belettes p.51, le Loup plaidant contre le Renard par-devant le Singe p.52, les deux Taureaux et une Grenouille p.54, Conseil tenu par les Rats p.58, la Lice et sa compagne p.60, le Lièvre et les Grenouilles p.65, le Lion et le Rat p.66, le Paon se plaignant à Junon p.68, le Coq et le Renard p.73, le Loup et la Cigogne p.74, le Renard et les Raisins p.76, le Chameau et les bâtons flottants p.78, le Renard et le Bouc p.80, le lièvre et la Tortue p.93, Perrette et le Pot au lait p.99.

Remerciements

** Merci à Monsieur Jean… de La Fontaine…

Pour ce plaisir savoureux à lire les fables depuis l'enfance, puis celui d'autant plus exquis à m'amuser avec jusqu'à aujourd'hui. Ce qui est fort plaisant avec ce grand fabuliste, c'est de (re)découvrir, l'âge avançant, les différents sens de ces textes à tiroirs… J'adore !

De mon côté, je me suis permis d'ajouter certains originaux à ma version plus croustillante afin d'illustrer à quel point j'ai joué avec délectation, et avec les mots de ce monstre sacré (cf. le détail ci-contre).

** Merci également à Messieurs Jean…

M. Jean D'Ormesson, pour vos encouragements au téléphone, il y a quelques années. J'ai encore à l'oreille vos gentils mots et votre timbre de voix sans pareil… du temps a passé, hélas !

M. Jean Amblard, adepte inconditionnel de La Fontaine, pour ses gloussements à la lecture de ma version des fables.

M. Jean-M. Clément, qui m'a donné le gout irrésistible de la lecture tout au long de sa vie…

M. Jean-M. L., qui devrait bien se reconnaître !!

Merci aussi à Andrée A.C. et à François C. pour leur aide précieuse.

Merci, pour finir, à Michel Brûlé, qui m'a mis le pied à l'étrier, il y a bon nombre d'années… Une version moins aboutie a été publiée sous le titre « *Les fables de La Fontaine revues et salées* » aux Éditions des Intouchables, Québec, Canada (2001, épuisée).

Le texte des Fables (2020) a été entièrement remanié depuis, en particulier sur la métrique plus ou moins farfelue de l'époque ; et les illustrations ont été – enfin !! – réalisées par mes soins… cela a pris beaucoup, beaucoup de temps ! Les fables originales ont été ajoutées.

Au plaisir d'avoir rigolé un bon coup avec vous…